培养学习兴趣的小故事

音乐小故事
YĪNYUÈ XIǍOGÙSHI

王红君 著

吉林美术出版社 | 全国百佳图书出版单位

前言

亲爱的家长朋友：孩子现在是你们怀抱的宝贝，却是未来社会的主人，未来我们祖国需要各式各样人才，这就需要从小培养孩子丰富的学习兴趣与爱好，经常给他们讲各科学习故事和兴趣知识，让孩子广泛兴趣爱好与身心一起成长，让孩子赢在人生起跑线上。

孩子的学习兴趣是一种良好态度和情感，十分具有积极性、倾向性和选择性，它是一种无形动力。当孩子对某科学习产生兴趣时，就会非常投入，而且印象也会非常深刻。

因此，学习兴趣对孩子个性形成和发展以及对他们生活和活动都有巨大影响，这种影响可以使他们从小努力获取知识，并创造性去追逐他们的梦想。

我们的小朋友，正处在身心发育的最初阶段，大脑具有很强的塑造性，学习吸收能力特别强，从小通过印象性的学习兴趣爱好的培养，就能给他们铸

造爱好学习的身心素质。

　　为此，我们根据广大小朋友心理发育和学习吸收特点，特别编撰了这套《培养学习兴趣的小故事》，把各科丰富学习知识通过讲故事形式表现了出来，只要小朋友们随时听讲这些小故事，那么就能开启心灵之门，建立起良好的学习兴趣和爱好。

　　这些故事都通过了高度精选，很具有经典性和代表性。同时也通过了高度浓缩，使得故事短小精炼，明白晓畅，非常适宜广大小朋友阅读，也非常适合广大父母讲给孩子们听！

　　不仅如此，我们还对故事进行了注音，并配有精美图画，全套作品图文并茂、生动形象，能够激发小朋友们阅读兴趣。因此，本套作品既是广大小朋友们自主阅读的良好选择，也是广大父母给孩子讲故事的最佳读物，希望广大父母和小朋友们喜欢！

目录 Contents

学琴精益求精的孔子 ……… 6

伯牙为子期斩断琴弦 ……… 12

辨出靡靡之音的师旷 ……… 17

姗姗来迟的李夫人 ………… 23

六岁蔡文姬听音辨琴 ……… 28

滥竽充数的南郭先生 ……… 33

霓裳羽衣惊艳皇宫 ………… 39

精通音乐的诗人王维 ……… 45

聂耳呕心创作国歌 ………… 51

四岁开始作曲的莫扎特 …… 57

音乐奇才帕格尼尼 ………… 63

誉为欧洲音乐之父巴赫 70

月光奏鸣曲的诞生 75

圆舞曲之王小约翰 82

家徒四壁的柴可夫斯基 89

意外收到礼物的海顿 96

古典音乐大师勃拉姆斯 ...102

营造静谧气氛的摇篮曲 107

跳舞取暖的莫扎特夫妇 112

世界最著名的芭蕾舞剧 116

修道士发明出来简谱 124

学琴精益求精的孔子

孔子不仅是我国伟大的思想家、教育家、政治家,而且他还钻研音乐,是一位杰出的音乐家。他深深喜好音乐,而且有极高的音乐鉴赏力。

有一次,孔子向师襄子学习弹琴。师襄子先教了孔子一支曲子,孔子学得很认真。

十来天过去了,

孔子还是毕恭毕敬地盘坐着,一遍又一遍地弹奏着同一首曲子,兴致勃勃,丝毫没有厌倦的样子。

"这首曲子,你已经练了足足十天了,可以学一支新曲子了。"师襄子说。

孔子站起身来,认真地回答:"我虽然练了这么长的时间,但只是学会了曲谱,还没有掌握演奏的技巧呢。"

又过了好多天以后,师襄

培养学习兴趣的小故事

子看到孔子弹琴的指法愈加熟练了，乐曲也弹奏得更加和谐悦耳了，于是对孔子说："现在你已经掌握了弹琴的技巧，可以再学一首新的曲子了！"

可孔子却又说："我虽然掌握了这首曲子的弹奏技巧，可我还没有真正领会到这首曲子的思想感情啊！"

又过了几天，师襄子又对孔子说："这一回总可以学新曲子啦，你已经理解曲

子的思想感情了。"

可是，孔子还是像第一次那样认真地回答说："我还不能通过这支曲子所表达的思想感情了解作曲者的为人。"说完，孔子还像开始学习时那样，丝毫没有厌倦，又盘坐下来，

培养学习兴趣的小故事
peiyang xuexi xingqu de xiaogushi

一个音符一个音符地弹奏起来。经过反复琢磨,孔子终于领会了曲子的思想感情和了解了作曲者的为人。他向师襄子讲述了自己的看法。师襄子听了大吃一惊,感到他对乐曲的理解是非常深刻的。孔子这样刻苦学习,使师襄子非常佩服。

襄子脸上浮起了微笑,激动地说:"你说的很对,我的老师讲过,这首曲子的名字就叫'文王操'。你勤学苦练才能达到如此境界啊!"

伯牙为子期斩断琴弦

俞伯牙从小就酷爱音乐,他弹出来的琴声总是那么优美动听,犹如高山流水一般。虽然,有很多人赞美他的琴艺,但他却认为一直没有遇到真正能听懂他琴声的人。他一直在寻觅自己的知音。

一天晚上,俞伯牙望着空中的一轮明月,顿时琴兴大发,拿出随身带来的琴,专心致志地弹了起来。正当他完全沉醉在优美的琴声之中时,猛然看到一个人在岸边一动不动地站着,然后对伯牙说:"先生,您弹的琴实在太绝妙了!"

伯牙心想:他听懂了我的琴傲慢?于是他就问:"你既然懂得琴声,那就请你说说看,我弹的是一

首什么曲子？"然后伯牙又弹了几曲，请他辨识其中之意。

伯牙弹琴时，心里想着高山，那个人一听便说："弹得好啊，琴声中所描绘的是一座像泰山一样巍峨的高山！"伯牙弹琴时，心里想着流水，那个人便说："弹得好啊，琴声中所描绘的是一条浩浩荡荡的长江大河！"伯牙弹琴时不管想什么，钟子期一定能体会到。

伯牙听了不禁惊喜万分，自己用琴声

表达的心意，过去没人能听得懂，而眼前的这个人竟然听得明明白白。于是他问明这个人名叫钟子期，俩人越谈越投机，相见恨晚，结拜为兄弟。约定来年的中秋再到这里相会。

第二年中秋，伯牙如约来到了约定的地点，他等啊等啊，可是就是不见钟子期的到来，于是他便弹起琴来召唤这位知音，可是还是不见人来。

培养学习兴趣的小故事

第二天，伯牙向一位老人打听钟子期的下落，老人告诉他，钟子期已经去世了。临终前他说要把自己的坟墓修在江边，到八月十五相会时，好听俞伯牙的琴声。

听了老人的话，伯牙悲痛万分，他来到钟子期的坟前，弹起了古曲《高山流水》。弹完之后，他挑断了琴弦，长叹了一声，把心爱的琴摔得粉碎。他悲伤地说：我唯一的知音已不在人世了，这琴还弹给谁听呢？"

辨出靡靡之音的师旷

春秋末年，晋平公花费了大量财力物力在都城郊外建造了一座奢华的宫殿。他在此赏歌观舞，大宴宾客，并请晋国著名的乐师师旷来演奏和品评。师旷双目失

培养学习兴趣的小故事

明，但常辨音而断凶吉，并对晋王进行劝戒。有一回，晋平公设宴招待大臣们，趁着大家都喝酒的时候，他得意洋洋地说："做国君最快活。"

这时，师旷正坐在他身边，就搬起面前的琴朝平公掷过去，晋平公赶紧避开，琴碰在墙上摔坏了。

晋平公问："大师，你这是掷谁呀？"

师旷说："刚才好像有个无耻小人在我身边说话，所以掷他。"

培养学习兴趣的小故事
peiyang xuexi xingqu de xiaogushi……

晋平公说:"刚才是我在说话。"

晋平公手下的人要治师旷的罪,平公说:"放了他,我要把他的话作为警戒。"

还有一次,晋平公设宴款待来拜访的卫灵公。席间,卫灵公让随行的一个名叫涓的乐师为晋平公演奏曲子助兴。晋平公就叫涓乐师坐在师旷身旁演奏。可是,没等音乐

奏完,师旷突然用手按住琴,说:"停下来!别演奏了!"

晋平公等人都惊讶,就问:"为什么?"

师旷说:"这是亡国的乐声,千万不能再演奏了!"

晋平公问:"你根据什么这样说?"

师旷说:"这首曲子是商朝一位叫延的乐师所作。纣王无道,延就编了许多柔弱、萎靡、颓废的乐曲,供纣王享乐之用。商纣王沉缅于声色犬马,就在这种靡靡之音中亡了国!"

然而,晋平公没有听从师旷的劝阻,仍然热衷于这种靡靡之音,不理朝政。不到三年,他就死了。

姗姗来迟的李夫人

西汉时,有一位名叫李延年的乐师深得汉武帝的喜爱。一天,在宫廷宴会上,李延年一边抚琴,一边唱道:

"北方有佳人,绝世而独立,一顾倾人城,再顾倾人国。"

汉武帝听完,笑着说:"世上真有这样的绝代佳人吗?"

武帝的姐姐说:"李延年的妹妹就是这样的佳人。"

武帝让带进宫来，一看果然是一个绝世美女，且人品出众，能歌善舞，就留在了身边，被称为李夫人。

李夫人很受武帝的宠爱，常常伴在武帝身旁，可不幸李夫人年纪轻轻染病身

亡，武帝十分思念她，整天郁闷不乐。武帝一向笃信鬼神，不少方士为骗取钱财乘机向武帝宣扬一些神灵之术。

齐国的一个叫少翁的方士，说他能在夜间用法术招来李夫人的魂魄，武帝欣然应允。夜里，少翁挂起帷帐，张灯悬烛，

培养学习兴趣的小故事
peiyang xuexi xinggu de xiaogushi……

请武帝在帐外等候,自己进帐作法。

一会儿,武帝便隐隐约约看见一个貌似李夫人的美女慢慢来到帐中,或端坐或漫步。武帝细看,那美女侧着半边脸,越看越像李夫人,武帝心中更加思念李夫人,但却不能靠近,心情更加悲痛,当即

作诗一首：是你呢？还是不是你呢？我遥望着你，你为什么姗姗来迟呢！

方士少翁满足了武帝的心愿，得到了奖赏。武帝又命乐师将"是邪，非邪？立而望之，偏何姗姗来迟！"这首诗谱上曲子，以纪念李夫人。

后来，人们用诗中的"姗姗来迟"作成语，常指慢腾腾地来晚了。

六岁蔡文姬听音辨琴

东汉末期的大文学家蔡邕有个女儿，叫蔡文姬。她是我国古代著名的才女，知识渊博，通晓音律，三四岁就会吟诗作词。

她的父亲蔡邕喜欢弹琴，每当琴响起的时候，蔡文姬总能品味出曲子的含义。

一天深夜，蔡文姬被

一阵琴声吵醒了，于是便认真倾听起来，原来是她的父亲在弹奏，以此来消除疲劳。忽然，"嘣"的一声响，父亲弹奏的琴弦断了一根。蔡文姬为了可以在父亲面前显露一手，便向书房里的父亲大声喊："父亲，是第2根弦断了。"

蔡邕低下头一看，大吃一惊，果然是第2根琴弦断了，于是问女儿："你怎么还没睡觉？你现在猜猜我又弹断的是第几

培养学习兴趣的小故事

根？"父亲想考验一下女儿的判断力，所以又故意拨断了一根琴弦。

蔡文姬听后，很自信地说："这次是第4根琴弦！"

"没错，是第4根！父亲高兴极了，充满了好奇心问道："你是怎么知道的？"

蔡文姬不以为然地说："这怎么会是猜的呢？七根琴弦我全都能听出来，父亲信不信？"

"信，信！"父亲接着说："你真聪明，这么小的年纪就有这么强烈的的乐感，只要你努力，你将来一定能成为一名

培养学习兴趣的小故事

伟大的音乐家!"

蔡文姬说:"古代的季札听琴,就能判断国家的兴亡;师旷听琴能断定国家就要打仗,我也要成为像他们那样的人。"

从此以后,在父亲的精心培养下,蔡文姬进一步投入到了勤学苦练中,不管严寒酷暑,她都在认真练琴,不久的将来,她真正成为了一名七弦琴高手。

滥竽充数的南郭先生

古时候，齐国的国王齐宣王爱好音乐，尤其喜欢听演奏吹竽，而且组建了一个不到300人的吹竽队伍，专门为他吹竽。

当时，有一个游手好闲、不务正业的浪荡子弟，名叫南郭。他听说了齐宣王喜欢合奏这样的喜

培养学习兴趣的小故事

好,觉得有机可乘,是个赚钱的好机会,就一心想混进那个乐队,想方设法求见宣王,向他吹嘘自己是一名了不起的乐师。

南郭先生见到齐王便吹嘘自己说:"大王啊,听过我吹竽的人没有不被感动的,就是鸟兽听了也会翩翩起舞,花草听了也会合着节拍

摆动，我愿把我的绝技献给大王。"齐宣王听得高兴极了，所以就很爽快地收下了他，把他也编进那支300人的吹竽队中。

可事实上南郭先生根本就不会吹竽。每逢演奏的时候，他就捧着竽混在队伍中，人家摇晃身体他也摇晃身体，人家摆

培养学习兴趣的小故事

头他也摆头,脸上装出一副动情忘我的样子,看上去比别人吹奏得更投入。

因为他学得惟妙惟肖,又由于几百人在一起吹奏,齐宣王也听不出来谁会谁不会。就这样,南郭混了好几年,不但没有露出一丝破绽,而且还和别的乐工一样领

到一份优厚的赏赐,过着舒适的生活。

后来,过了几年,爱听竽合奏的齐宣王死了,他儿子齐湣王继位,湣王同样爱听吹竽。只有一点不同,他不喜欢合奏,而喜欢乐师一个个单独吹给他听。

南郭先生听到这个消息后,急得像热

锅上的蚂蚁，吓得浑身冒汗，整天提心吊胆的。心想，这回要露出马脚来了，丢饭碗是小事，要是落个欺君犯上的罪名，连脑袋也保不住了。所以，趁潜王还没叫他演奏，就赶紧溜走了。

霓裳羽衣惊艳皇宫

唐玄宗是唐朝中叶的一个皇帝，在古代君王中，他可以称之为酷爱音乐的典范。唐玄宗对音乐的研究应该是最深入最精通的，会吹

培养学习兴趣的小故事

拉弹奏各种乐器。

相传，在一个中秋月圆之夜，唐玄宗也在遥望一碧如洗的天空，对着那一轮圆盘忘情地赞叹。方士罗公远便讨好地问道："陛下是否愿意到月中游览一番？"

唐玄宗表示很乐意，罗公远便取出身

边的拐杖，用力向空中掷去，拐杖到了天上，顿时化成一座银色的大桥。罗公远请唐玄宗踏桥登月。月宫前面宽广的庭院里，几百名身穿雪白丝绸衣服的仙女翩翩起舞，舞姿轻柔，歌声玄妙优美动人。罗公远告诉说："这是天上的仙乐，叫霓裳羽衣。"

于是唐玄宗暗暗地将乐谱记下来，以便让乐工演奏，让歌女们舞蹈。只可惜他并没有记全整首曲调，于是他只好不停地

想啊，想起一点就记录下来，就连白天上朝的时候，他怀里也要还揣一支玉笛，一边听着大臣读奏本，一边在下面悄悄按玉笛上的孔笛，寻找曲调的突破口，可是还谱不全这首曲子。十分苦恼。

直到有一次，唐玄宗来到三乡译，他朝着远处的女儿山眺望，山峦起伏，烟

云缭绕，顿时脑海里浮现出了很多美丽的幻想。顿时，他竟然将那首仙乐全想起来了，他立即在谱子上记录下来。创作了一部适合在宫廷演奏的的宫中大曲。

唐玄宗让乐工排练《霓裳羽衣曲》，让杨贵妃编舞蹈，为了让他们拥有一个合

适的练舞场所，唐玄宗在宫廷里特意修建了一个梨园。杨贵妃与宫人日夜赶排。终于，练好了一大型歌舞《霓裳羽衣曲》，在一个盛大的节日上演出。细腻优美的《霓裳羽衣曲》仙乐奏起，杨玉环带着宫女载歌载舞，一个个宛如仙女下凡，群臣看的目瞪口呆。

精通音乐的诗人王维

唐代诗人王维多才多艺，不仅能诗善画，而且弹得一手好琵琶。岐王爱好音乐，非常喜欢听王维弹奏的曲子。

开元十九年，王维准备参加京城的科

举考试。王室岐王久仰大名，特地找到他的寓所，悄悄地对他说："听说皇上的九公主过几天要在宫里设宴，这对你可是个机会啊！到时你挑几首好诗带在身边，然后装扮成宫廷乐师。到时我领你去碰碰运气。"机会千载难逢，如果能得到公主赏

识，并由她荐举，何愁当不成状元？

王维回到客栈以后，就连夜赶抄了几首自己的诗作。第二天，又精心赶作了一首新的琵琶曲。一切准备就绪，就等这一天的来到。

机会终于在焦急的等待中来到了。这天傍晚，王维乔装成宫廷乐师，手抱着琵琶，怀揣着诗卷，随岐王来到宫里。

宴会开始以

培养学习兴趣的小故事

后,几位有名的艺人先表演了各自的拿手好戏。

轮到王维独奏了,一曲《郁轮袍》,弹奏得如行云流水一般,使在座的宾客都听得如痴如醉。

公主高兴地对岐王道:"这位新来的乐师,真是一个奇才!"

岐王哈哈笑着说:"其实他并不是宫里的乐师啊!"

王维不失时机地向公主呈上诗卷。

公主一首一首地读着,当她读到"九月九日忆山东兄弟"时,竟情不自禁地念出声来:"独在异乡为异客,每逢佳节倍思亲。遥知兄弟登高处,遍插茱萸少一人。"这首诗抒发了游子在异乡怀念亲人的感情,公主的心一下子被打动了。

后来,公主知道王维将要应举,就极力向负责考试的官员荐举,还郑重地对他们说:"如果王维能做

培养学习兴趣的小故事
peiyang xuexi xingqu de xiaogushi……

状元，这实在是朝廷的荣耀啊！"

在唐朝，荐举甚至比成绩更重要。王维由公主荐举，自己又充分发挥了自己的才智，高中状元成了情理之中的事了。

聂耳呕心创作国歌

聂耳是我国的作曲家，是中国人民音乐事业的先锋。他对音乐的兴趣和才能从小就有所显露，他喜爱家乡的花灯、滇剧，小学时就会演奏笛子、二胡、三弦、月琴等民族乐器。

1935年初，聂耳听说电通影片公司正

在筹备拍摄影片《风云儿女》，影片是号召文艺青年联合起来抗战，走与民众结合的题材。

故事是田汉编写的，但是后来因为田汉被捕入狱，由夏衍写成电影剧本。田汉被捕前危急仓促，主题歌的歌词没有用稿纸来写，而是写在一张包香烟锡纸上。

这件事情被聂耳知道后,他立即去找夏衍,主动要求为主题歌谱曲。他从夏衍手中夺过歌词,一看题目是《义勇军进行曲》,激动地说:"作曲交给我吧,我来做!"

对于这首歌曲,聂耳投入了极大的热情,《义勇军进行曲》这充满爱国激情的歌词,让他的热血沸腾,脑海中浮现出一个个画面:在遍地狼烟的战场上,中华民

培养学习兴趣的小故事

族的英雄铸成了钢铁长城,与侵略者浴血奋战,前仆后继,冒着敌人的炮火直前……一幅幅画面化成了一个个铿锵有力的音符!就是这样的爱国热情促使他很快就完成了初稿。

1935年5月1日,《中华日报》发表了这首歌,影片《风云儿女》首映,主题歌立即传遍全国,成为号召人民奋起抗击日本侵略者的战歌。

1940年,美国著名歌唱家罗伯逊在音乐会上宣布:"今晚我要唱一首中国歌曲,献给战斗的中国人民!"他以深厚有力的男低音,用中英文演唱了这首歌。

1944年,美国国务院提出在联合国胜利日

演奏各国音乐，《义勇军进行曲》就被作为中国音乐的代表作品演奏。

1949年9月27日，在全国政协第一届全体会议上，著名画家徐悲鸿提出以《义勇军进行曲》作为国歌的提案，被大会通过。

1982年12月4日，全国五届人大第五次会议又通过决议，确定这首歌为我国正式国歌。

四岁开始作曲的莫扎特

莫扎特是奥地利著名音乐家，他的故乡在萨尔茨堡，父亲利奥波德是奥地利萨尔茨堡的宫廷乐师。他一生留下了600多首美妙的乐曲。他3岁开始学钢琴，4岁开始作曲。

培养学习兴趣的小故事

一天下午,父亲利奥波德早早就回到了家里,和他一同来的还有好友沙赫特纳。他是利奥波德的孩子们崇拜的对象,因为他的小号吹得棒极了。

此刻,莫扎特正在楼上与五线谱纸、鹅毛笔和墨水忙得不可开交。当他们走上楼来时,看见他脸上、身上都沾着墨

水，正用一只胖乎乎的小手在擦溅到他"作品"上的墨迹。

父亲看见儿子这副像作曲家的小大人模样，觉得很好笑，但他装得很严肃地问："你在写曲子吗？儿子！"

"写一首钢琴协奏曲，马上就要写完了。"儿子认真地回答。

"好的，让我看看我的小作曲家的

大作。"父亲摆出一副很认真的样子"审读"这张曲谱。

忽然，他的眼睛睁大了，眼泪盈满了眼眶。他简直不敢相信这首所谓的钢琴协奏曲是4岁的儿子写的。站在一旁的沙赫特纳看到利奥波德激动的样子，便将曲谱拿过来观

看，他更加激动，他一把抱住莫扎特大声喊道："这难道是你写的吗？这真是奇迹！"

这时，利奥波德回想起莫扎特3岁时开始学钢琴的情景：只要姐姐南内尔一练琴，他就会突然松开手中的玩具，向钢琴跑过去。

当利奥波德正式开始教莫扎特弹琴时，他学得比谁都快，

别人一星期才能学会的，他只需几分钟便能掌握。如果说，1年以前，利奥波德坚信自己的儿子会成为一个杰出的钢琴家的话，那么，现在他毫不怀疑他的儿子将成为伟大的作曲家。

音乐奇才帕格尼尼

尼科罗·帕格尼尼是意大利小提琴及吉他演奏家、作曲家，是欧洲晚期古典乐派，早期浪漫乐派音乐家。被人称为"魔鬼的儿子"。

有天晚上，帕格尼尼举行音乐演奏会，有位听众听了他出神入化的演奏之后，以为他的小提琴是一具魔琴，所以想看一看。帕格尼尼立即答应了。那人看看

小提琴,跟一般的琴没什么两样,但是心里还是觉得很稀奇。

帕格尼尼看出他的心事,就笑着说:"你是觉得很稀奇,是不是?老实告诉

培养学习兴趣的小故事

你，随便什么东西，只要上面有弦，我都能拉出美妙的声音。"

那人便问："皮鞋也可以吗？"

帕格尼尼回答："当然可以。"

于是那人马上脱下皮鞋，递给了帕格尼尼。帕格尼尼接过皮鞋，在上面钉了几根钉子，又装上几根弦，准备好了就拉了起来。说来也奇怪，皮鞋在他的手上竟然演奏出了和小提琴差不多的声音，要是没见到的人听了这个美妙的旋律之后，一定会以为是用小提琴拉的呢！

还有一次，帕格尼尼跟一位少校朋

友在维也纳街头散步，突然看见一位衣衫褴褛的少年乞丐，正拿着一把破旧的小提琴拉着一首民谣。可是少年拉的琴不怎么样，所以摆在地上的帽子里只有一点点钱。

于是，帕格尼尼走上前问道："你是意大利人吗？"

培养学习兴趣的小故事

"是的,先生。"

"意大利人在异国行乞,这可是意大利人的耻辱啊!"

"我知道,先生!可我父亲死了,母亲也病了,妹妹又小……"帕格尼尼默

默地听着。突然，他把披风甩在地上，拿过少年的琴，对朋友说："我就在这里拉琴。少校，请你将帽子托在手中！"

琴声响了，过路人都大吃一惊，纷纷围了上来。

"是谁在拉琴呀？太美妙了！"猛然，有人叫道："帕格尼尼！是帕格尼尼！"

顿时人群沸腾了。一曲奏毕，人们争着将银币、金币投进少校的帽子里。帕格尼尼将钱交给少年："回家去吧，孩子。回到我们的祖国意大利去……"

誉为欧洲音乐之父巴赫

巴赫,出生于德国中部图林根州小城艾森纳赫的一个音乐世家,是著名的作曲家、手风琴家。在巴赫10岁的时候,父母就都去世了,所以是

他哥哥把他抚养长大的，他的哥哥是一位优秀的风琴师，保存有许多当时著名音乐家珍贵的乐谱，可是从不让巴赫看，更不教他学习音乐。巴赫从小就对音乐十分热爱，他经常会把哥哥的乐谱偷出来看，然后在朦胧的月光下抄录那些珍贵的乐谱。不久之后被哥哥发现了，哥哥很生气，于是就夺走了巴赫苦苦抄写的乐谱。巴赫虽然很伤心，

培养学习兴趣的小故事

但是天资聪慧的他早已经将音乐总谱都记在心中了。

巴赫15岁的时候开始独立生活，他担任过合唱队队员和风琴师，尽管生活很艰苦，但他学习十分刻苦。有一次为了听

著名音乐家的演奏，步行三十多里，但他还没有吃饭，于是他蜷缩在了旅店的屋檐下。正当巴赫难熬时，忽然旅店楼上的窗口被推开了，有人扔下一包东西。

巴赫打开包一看，里面有鱼有肉，还

有钱。原来是位虔诚的基督教徒看他可怜才给他的。巴赫认为这是上帝的恩赐，于是，他高兴得祷告膜拜，然后收好钱，然后去听自己梦寐以求的音乐会了。

巴赫在德国民族音乐的基础上，创作3000余首作品，突破了教会音乐的规范，大胆创新，为欧洲的古典音乐奠定了基础，并对后世音乐的发展产生了十分深远的影响，因而被称为"欧洲音乐之父"。

月光奏鸣曲的诞生
yuè guāng zòu míng qǔ de dàn shēng

贝多芬是德国的作曲家和音乐家，他
bèi duō fēn shì dé guó de zuò qǔ jiā hé yīn yuè jiā tā

是维也纳古典乐派代表人物之一。
shì wéi yě nà gǔ diǎn lè pài dài biǎo rén wù zhī yī

一天夜晚，贝多芬在幽静的小路上散
yì tiān yè wǎn bèi duō fēn zài yōu jìng de xiǎo lù shang sàn

培养学习兴趣的小故事

步。这时，一阵悠扬的钢琴声传到他的耳朵里，仔细一听原来是他作的曲子，于是他跟随着钢琴声来到了一所茅屋。

当贝多芬走近茅屋时，琴声突然停止了，他听见屋子里有人在对话。有一个姑

娘说:"这首曲子实在是太难弹了!我只听到过别人弹那么几次,但总是记不住该怎样弹,要是能听见贝多芬本人弹奏一次那该有多好啊!"

这时,屋里有一个男人的声音,说:"是啊,只可惜他的音乐会的入场券太贵了,咱们没有那么多钱啊。"

姑娘说:"哥哥,没关系的,我只是随便说说而已。"

听到这里,贝多芬立即推开了门,轻声地走进了茅屋,扫视一周,他发现屋子里点燃着一支蜡烛,在微弱的烛光下,一

培养学习兴趣的小故事
peiyang xuexi xingqu de xiaogushi

个男人坐在那里正在擦皮鞋。在窗前摆着一架破旧的钢琴，在钢琴前面坐着一个姑娘，看上去很清秀，只可惜她的眼睛什么都看不到。

皮鞋匠看见走进来个陌生人，就立刻站起来："先生，您是谁？"

贝多芬说："我只是想为这位美丽的姑娘弹奏一首曲子。"

那位姑娘听完后，扶着钢琴站了起来，然后贝多芬坐了下来。贝多芬坐在钢

琴前面，弹起姑娘刚才弹的那首曲子。姑娘完全被贝多芬的弹奏声吸引住了，很快的一曲就结束了，她激动地说："先生，您弹得实在是太好了！"

贝多芬接着说："您喜欢听吗？我再给您弹一首吧。"

这时，一阵风把蜡烛吹灭了。月光照进窗子来，茅屋里的一切好像披上了银纱，显得格外清幽。贝多芬望了望站在他身旁的兄妹俩，借着皎洁的月光，深深地弹奏着。

兄妹俩完全被美妙的琴声陶醉了。等他们回过神来的时候，贝多芬早已离开了茅屋。他飞奔回自己的住所，花了一夜的工夫，把这首的曲子——《月光曲》记录下来。

圆舞曲之王小约翰

小约翰·施特劳斯是奥地利著名的作曲家、指挥家、小提琴家。由他创作的作品深受人民群众喜爱,由此他被人们称为

"圆舞曲之王"。

在他6岁的时候,有一次,小约翰趁父亲不在家,就坐在了钢琴前弹了起来。这时,母亲走了过来,问他:"约翰,你弹的什么曲子?"

"这是我自己写的曲子!"

"你自己写的?"母亲惊讶地问,"能再弹一遍吗?"

这时,小约翰的父亲老约翰回来了,

培养学习兴趣的小故事

只听一声："谁在弹琴？约翰，你忘了我不让你动我的琴了吗？"母亲赶紧出来替小约翰辩解，这是儿子自己作出来的曲子。父亲没有听母亲说完，只听"砰"的一声，狠狠地盖上了琴。

后来，小约翰上中学的时候，一天午饭后，父亲对小约翰说："我给你在技术学校报名了。"

小约翰说："为什么不让我学音乐呢？"

"我跟你说过，学音乐很苦的，而且，收入很不稳定。"父亲说。

"我不怕！让我自己做选择吧。"小

约翰恳请父亲。

但是，父亲始终不答应，于是，小约翰只好上了技术学校，但不到两年，就被开除了，原因是："小约翰上课不听讲，

专门作曲唱歌，扰乱课堂秩序。"

为此，老约翰用一顿狠狠的鞭子揍了他。

事实上，老约翰的皮鞭并没有赶走小约翰的理想，他学习更刻苦和专注了，只不过，他只能偷偷的学。而小约翰的母亲也为小约翰买了琴，小约翰只能以更加刻苦的学习来回报这深深的母爱。

后来，他举办了个人音乐会，演奏了

他自己创作的一支圆舞曲,这也是他献给母亲的一曲颂歌。那首曲子的名字就叫《母亲的心》。

因为那首乐曲实在太美妙了,以至于令听众欣喜若狂,不能自已。接着他又演奏了另一支圆舞曲《理性的诗篇》。在听众们的强烈要求下,他竟然反复演奏了十几遍,这真是从来没有过的事。

就这样,他赢得了音乐上的成功,也赢得了父亲的理解。后来,人们还送给了他"圆舞曲之王"的称号。

家徒四壁的柴可夫斯基

柴可夫斯基是19世纪俄国最伟大的作曲家,也是最早获得广泛世界声誉的俄国作曲家。他的光辉艺术生涯和成就,在俄罗斯文化史和世界音乐史上占有着十分突出的地位。

柴可夫斯基的一生都是孤独寂寞

培养学习兴趣的小故事
peiyang xuexi xingqu de xiaogushi

的,他一直过着清贫淡泊、饥寒交迫的生活。被生活所迫,有一次他不得不去一家小餐馆为客人演奏,用几首钢琴曲才换取了两个烧熟的土豆充饥。

就是在这样恶劣的环境中,柴可夫斯基的曲子越来越受人们的喜爱。其中有一位美丽、温柔的梅克夫

人，就非常崇拜、喜欢他的作品。

有一次，梅克夫人专程去郊外拜访他，不巧的是柴可夫斯基出门散步去了，但是门却是敞着的。

当梅克夫人走进柴可夫斯基家里时，她不禁惊呆了：这位令她非常崇拜的伟大的作曲家的家竟然如此的简陋，一间四处漏风的小房子里，除了一

架旧钢琴外，几乎什么也没有了。于是，梅克夫人内心一阵酸楚，眼睛湿润了。她没有等柴可夫斯基回来，就含泪悄悄地离去了。

从此以后，梅克夫人在生活上默默地帮助柴可夫斯基，定期给柴可夫斯基寄去

生活费。当柴可夫斯基在信中问起她是谁的时候，她温柔地告诉他：我崇拜你的曲子，也崇拜你的人。

就这样长达二十年间，他们虽然住在同一个城市，但从没有见过一次面，一直靠书信来往，互诉真情，互相鼓励。

晚年的柴可夫斯基更加孤僻了。一

培养学习兴趣的小故事
peiyang xuexi xingqu de xiaogushi……

一个寒冷的夜晚,柴可夫斯基正独自坐在自己破旧而寒冷的小屋里,回忆着多年来他和梅克夫人之间的这段感情和经历,他抑制不住自己内心激昂的情绪,便走到钢琴前为梅克夫人创作了一首钢琴曲,名叫《悲怆交响曲》。接着,他又提起笔给梅克夫人写了一封长信,信中写道:"这是我特意为你写的一首曲子,也是我今生最后一首曲子了,把它献给你。"

就在那天夜里,柴可夫斯基坐着一辆破旧的马车,默默地消失在荒冷的原野里……不久,他就离开了这个世界。

意外收到礼物的海顿

海顿是世界音乐史上影响巨大的作曲家。他是维也纳古典乐派的第一位代表人物，是一位非常有创造精神的作曲家。

有一次，海顿意外地接待了一位客人，是位屠夫，他们两个刚一见面，那位屠夫就很客气地摘下了帽子，然后说明了来意，说："我尊敬的大师，我最亲爱的小女儿将要举办婚礼了，这对于我来说是一件这一生最重要的事情了。

"我满怀着激动的心情期待着神圣一刻的到来，同时，我也满怀着感激的心情恳请您这位伟大的音乐家为我写一曲美丽

培养学习兴趣的小故事

的小步舞曲。我知道这是一个很重大的请求,但是除了可以向您恳请帮助以外,我还能去找谁帮忙呢?我亲爱的海顿先生。"

面对这位善良、和蔼的人的请求,海顿立即做出了回答,说:"我亲爱的先生,

我十分愿意帮助您,请您相信我!"

到了约定之日,海顿果真写成一首典雅的《C大调小步舞曲》,然后交给了屠夫,屠夫满怀着感激的心情取走了这份来之不易的珍贵结婚礼物。

过了几天之后,正当海顿在书桌前创作的时候,他

突然听到外面有一阵嘈杂的声音，把他吓了一跳，半天才回过神来。

原来是有人在奏乐，再仔细一听，原来竟然是几天前他为那位屠夫女儿婚礼 创作的音乐。

于是，他赶紧跑到窗口向外张望，只见台阶上立着一头强健的公牛，牛角上还挂有金色的彩带。喜笑颜开的屠夫站在一旁，身后是满面春风的女儿女婿，一支由流浪艺人组成的乐队正在起劲地吹吹打打！

屠夫庄重地走上前来，恳切地说："尊敬的大师，对一个屠夫来说，用健壮的公牛来对优美的小步舞曲表示感谢是最好不过的了。"

古典音乐大师勃拉姆斯

勃拉姆斯是继巴赫、贝多芬之后，被人们称为古典音乐大师"3B"之一。他以对传统形式的丰富和发展，区别于浪漫主义的创新学派，在欧洲音乐史上占有重要的地位。

勃拉姆斯的父亲是个音乐家。当他发现儿子继承了他的音乐天赋，他从内心里感觉到

十分欣慰，专门为勃拉姆斯聘请了优秀的钢琴老师和作曲老师。他的妈妈也是个音乐家，经常和儿子一块儿弹钢琴二重奏。

勃拉姆斯少年时就开始作曲，给咖啡馆的小乐队编点进行曲和舞曲赚点钱。他

培养学习兴趣的小故事

……的爸爸为了赚钱，经常在夏天组织六个人露天演出，勃拉姆斯有时为他们的演出写点曲子。

勃拉姆斯在14岁的时候，举行了公开

音乐会,被认为是一个很有前途的音乐家。

20岁的勃拉姆斯认识了吉普赛血统的匈牙利小提琴家雷门伊。勃拉姆斯在一些音乐会上为他伴奏,后来还一同旅行演出。

有一次演奏贝多芬的《克罗彩》奏鸣曲,他们发现钢琴音调低了,于是勃拉姆斯便高半音移调演奏,这使雷门伊敬佩不已。

25岁时,勃拉姆斯发表了第一首钢琴协奏曲。这首协奏曲在莱比锡著名的吉华德豪斯音乐会中演出,该会是许多名作首演音乐会,但这首协奏曲首演并没有获得成功,后来舒曼夫人为这首协奏曲旅演全

德国，才渐渐地出了名。20年后在莱比锡再次上演时，竟获得极大成功。

不过，直到现在，世界各国许多音乐家对此曲不感兴趣。如果你听了以后不妨自己来作个判断。

勃拉姆斯30岁左右定居维也纳。维也纳在当时一直是世界音乐中心。他在当地担任著名合唱团指挥，成功地演出了巴赫、贝多芬、舒曼等人的作品。

营造静谧气氛的摇篮曲

舒伯特是奥地利作曲家，是浪漫主义音乐文化的奠基者，被后人评价为"古典主义音乐"的最后一位巨匠。由他创作的《摇篮曲》从写出来那天起，直到今天还被世界各国的母亲们和歌唱家们传唱着。

培养学习兴趣的小故事

舒伯特创作这首动人的歌曲时，还有这样一段故事。

那时的舒伯特生活很贫苦。有一天晚上，他没有吃饭，饿着肚子在街上徘徊，祈祷自己可以碰见一个熟人，借点钱吃饭，但是他没有遇到熟人。

这时舒伯特走到一家豪华的酒店门前，然后走了进去，在一张桌子前坐下，他忽然发现饭桌上有一张旧报纸，舒伯特就拿起翻看着。他见上面有一首小诗：睡吧，睡吧，我亲爱的宝贝，妈妈双手轻轻摇着你，……这首朴素、动人的诗，打动了舒伯特的心灵，他眼前出现了慈爱的母亲的形象。

是啊，在一个宁静的夜晚，母亲轻轻

地拍着孩子入睡,轻柔地哼唱着摇篮曲,皎洁的月光透过窗子照在母子的身上,她们是多么美好、幸福的母子。

于是,舒伯特再也没有办法控制住自己激动的情绪,本能地将他的思想转到诗歌的意境中去。他浮想联翩,乐思绵绵,从口袋里掏出一张纸,拿出一支铅笔,一面哼唱着,一面急速地谱写着。舒伯特写好后,把歌曲交给了饭店的老板。

老板虽然不懂音

乐，但觉得这首曲子那么好听，那么优美，便给了舒伯特一盆土豆烧牛肉。这首只值一盘土豆的作品，就是著名的舒伯特《摇篮曲》。

舒伯特在贫困中，以美好的心灵为母亲和孩子们写下了这首甜美的歌曲，这首《摇篮曲》很快在世界各地传唱开了。

跳舞取暖的莫扎特夫妇

莫扎特是世界音乐史上的"奇人",小时候就被称为神童,在他的一生中创作了大量的作品。

辉煌的成就给莫扎特带来了很多的财富,但他花钱大手大脚,从来没有一个计划,加上妻子也不会操持家务,所以两人一有钱很快就花光,没钱以后生活便异常贫寒。

一个严寒的冬日,天正下着鹅毛大雪,有位朋友带着仆人来拜访莫扎特。刚一推开门,朋友就皱起了眉头,他发现屋子里和外面一样寒冷,墙上地上都结了厚厚的白霜,而莫扎特夫妇正在满头大汗的

培养学习兴趣的小故事
peiyang xuexi xingqu de xiaogushi

跳舞！

"上帝呀，天这么冷，您既然有雅兴跳舞，怎么不知道把火炉生起来呢？真不敢相信您是一个伟大的作曲家，您的智慧

跑到哪儿去了？"朋友生气地说。

莫扎特委屈地说："我当然知道天冷要生火，可是，既然已经没钱买木柴，我们总不能等着冻死吧？跳跳舞不就暖和了吗？"

"可是，你不是刚领到一笔稿费么？"朋友问。

"啊，早就花光了。"莫扎特轻松地说。朋友听了，震惊得张大了嘴巴：那可是一大笔钱啊，真想不出他是怎么花出去的！于是，朋友拿出钱来，吩咐仆人去买几捆柴火和一包食品。

世界最著名的芭蕾舞剧

1877年,芭蕾舞剧《天鹅湖》首次在莫斯科面世,从此以后,该剧逐渐被全世界人民熟悉,成为最受欢迎的芭蕾

经典舞剧。《天鹅湖》成了芭蕾舞的代名词。《天鹅湖》的故事取材于德国中世纪的民间童话，音乐由俄国作曲家柴可夫斯基谱写。

那是在一个古老的王国里，有一位

培养学习兴趣的小故事

英俊的王子。有一天晚上,王子到森林里去打猎,不知不觉他来到了一个大湖边。这时,他惊奇地发现有一群白天鹅在湖面上,在皎洁的月光下,那群白天鹅变成了一群可爱的白衣少女。

王子被那位最美丽的公主迷住了。公主向王子哀诉自己的委屈后,王子才得知,原来公主和她的四个侍女们

是被施了魔法，所以才变成白天鹅的，只有到晚上，才能恢复人的形状。

王子深深地爱上了那位天鹅公主，他真诚地向公主表达："我发誓，我将永远爱你！"

王子与公主在森林里跳了一夜舞，四只小天鹅在湖边跳起了欢快、活泼的舞蹈，天快亮的时候，公主不得不走了。王子这才恋恋不舍地说："请你明天晚上到

培养学习兴趣的小故事
peiyang xuexi xingqu de xiaogushi

我的城堡里来参加我的舞会。"

然而这一切都被那个可恶的魔王看见了，他又开始谋划一个惊天的阴谋。

选妃舞会上，各国来宾都跳起了各国民族舞蹈。这时魔王又来了，他将自己的

女儿变成黑天鹅，假冒公主闯入宫来，以妖媚的舞蹈诱惑王子，两人跳起了黑天鹅双人舞。

魔王看到王子中计，一阵狞笑。而这一切被真正的公主看在了眼里，她很伤

心。这时，天空突然一片灰暗。王子看到真正的公主从窗外绝望地飞去，才知道自己上了魔王的当，因此不顾一切与魔王展开殊死搏斗。

终于，魔王被王子征服，王子和公主的战胜了邪恶，一切将变为美好，所有的白天鹅也变回了人形。终于王子和公主在一起了。

修道士发明出来简谱

在我国的古代有许多美妙的音乐，由于当时没有记录音乐的乐谱，所以今天我们已经没有办法听到了。为了把流动的、看

不见的音乐记录下来，人们想了许多方法。

三百多年前，在法国巴黎有位名叫苏埃蒂的修道士。他的工作是教教徒们唱歌。由于没有歌谱，要学会一首歌既费时

培养学习兴趣的小故事

间又很难保证唱准。

于是,苏埃蒂考虑能不能用一种符号来记录歌曲的音高、表示声音的长短?

后来,他终于创立了一种数字简谱,用1、2、3、

4、5、6、7个数字表示音阶中 DO、RE、MI、FA、SOL、LA、SI七个音,并于1665年写了《学习唱歌和音乐的新方法》一书。

后来经过进一步改进,形成了今天使用的简谱。简谱最先从法国流传到欧洲和美国,大约到清末,才从日本传入我国。

图书在版编目（CIP）数据

音乐小故事 / 王红君著. -- 长春：吉林美术出版社，2015.8（2021.7重印）

（培养学习兴趣的小故事）

ISBN 978-7-5575-0070-2

Ⅰ．①音… Ⅱ．①王… Ⅲ．①儿童故事－作品集－世界 Ⅳ．①I18

中国版本图书馆CIP数据核字（2015）第193849号

培养学习兴趣的小故事　音乐小故事

出 版 人	赵国强
责任编辑	魏　冰
开　　本	710mm×1000mm　1/16
印　　张	8
字　　数	46千字
版　　次	2015年8月第1版
印　　次	2021年7月第3次印刷
印　　刷	三河市华晨印务有限公司
出　　版	吉林美术出版社有限责任公司
发　　行	吉林美术出版社有限责任公司
地　　址	长春市人民大街4646号
电　　话	总编办：0431-81629572
定　　价	29.80元